AF357974

VENTE

DU

Vendredi 12 Decembre 1902

HOTEL DROUOT — SALLE N° 7

à 2 heures 1/2

Tableaux Anciens

ET MODERNES

Mᵉ E. BOUDIN

COMMISSAIRE-PRISEUR

Rue Richelieu, 102

M. Jules FÉRAL

EXPERT

Faubourg Montmartre, 54

PARIS — 1902

IMPRIMERIE MAULDE ET RENOU

MAULDE, DOUMENC ET Cie

IMPRIMEURS DE LA COMPAGNIE DES COMMISSAIRES-PRISEURS

Rue de Rivoli. 144. — Paris.

CATALOGUE

DES

Tableaux Anciens

ET MODERNES

PAR

Pierre Breughel, Callet, N. Elias, P. de Ferg
Franck le Vieux, Lallemand, C. Mignard, R. Netscher
Raveinstein, Tischbein, Tournières, Voiriot, etc., etc.
Anastasi, L. Cogniet, Lavieille, A. Scheffer, etc., etc.

DONT LA VENTE AURA LIEU

HOTEL DROUOT — SALLE N° 7

Le Vendredi 12 Décembre 1902

à 2 heures 1/2 de l'après-midi

1° APRÈS DÉCÈS DE M. P***

Par suite d'acceptation bénéficiaire

2° VOLONTAIREMENT

Mᵉ E. BOUDIN	M. Jules FÉRAL
COMMISSAIRE-PRISEUR	EXPERT
102, rue Richelieu, 102	Faubourg Montmartre, 54

EXPOSITION PUBLIQUE

Jeudi 11 Décembre 1902, de 1 heure 1/2 à 5 heures 1/2

PARIS — 1902

CONDITIONS DE LA VENTE

—

Elle sera faite **au comptant.**

Les Acquéreurs paieront **dix pour cent** en sus du prix d'adjudication.

Il ne sera admis aucune réclamation une fois **l'adjudication prononcée.**

Maulde, Doumenc et Cie, imp. de la Cie des Commissaires-Priseurs
rue de Rivoli, 144.   5oo—7676

DÉSIGNATION

I. — VENTE après Décès de M. P***

ALBANE (Attribué à)

1 — La Vierge, l'Enfant Jésus et saint Joseph.

ANASTASI (Aug.)

2 — Bords de Rivière.

Signé à gauche et daté 1863.

BOUCHER (D'après F.)

3 — Vénus sur les eaux, entourée de naïades, de tritons et de petits amours.

DAGNAN

4 — Vues de Suisse.

Deux pendants.

DOLCI (D'après Carlo) ,

5 — La Vierge et l'Enfant Jésus.

DUPRÉ (Genre de Jules)

6 — Le Passage du Bac.

DUPRÉ (D'après Jules)

7 — Paysage avec Moulins à vent.

FERG (Paule de)

8 — Le Débarquement.

GOUEZOU

9 — La Douleur maternelle.

Signé à gauche.

10 — La Sabotière.

Signé à gauche.

11 — Villageoise et Enfant de chœur.

Signé à gauche.

12 — La Prière.

Signé à gauche.

GUIDO RENI (Attribué à)

13 — La Madeleine pénitente.

LAVIEILLE (Eugène)

14 — Le Trou aux Renards.

Signé à gauche.

LABBÉ (C.)

15 — Paysage avec figures et animaux. Effet d'orage.

Signé et daté 1850.

MASSÉ (E.)

16 — Le grand Bey à Saint-Malo.

Signé à droite.

MIGNARD (Nicolas-P.)

17 — Portrait de Mme de Montespan.

Un Amour appuyé sur son épaule lui offre une pomme qu'elle prend de la main droite.

NATTIER (Genre de J.-M.)

18 — Portrait de jeune Fille enguirlandée de roses.

Gracieux pastel.

NETSCHER (Constantin)

19 — Portrait de Femme en robe blanche et manteau bleu.

PESNE (Attribué à A.)

20 — Portrait d'un Électeur palatin.

PERRONNEAU (Attribué à)

21 — Portrait d'Homme en habit de couleur violacée.

Pastel.

RUYSDAEL (D'après J.)

22 — Paysage avec figures.

STELLA (Jacques)

23 — La Sainte Famille.

Cadre en bois sculpté.
Vente Allègre.

SUTTER

24 — Rochers dans la Forêt de Fontainebleau.

Signé à droite.

25 — Vue d'Orient.

Signé à gauche.

26 — Animaux au pâturage sous la garde de plusieurs bergers.

Signé à gauche.

TESTELIN (Louis)

27 — Le Jeu du Mouchoir.

Collection DEGREMONT.

TOURNIÈRES (Robert)

28 — Portrait d'Homme en manteau rouge.

29 — Portrait de Femme vêtue de noir.

Deux pendants.

Beaux tableaux d'un bel effet décoratif.

VÉRONÈSE (Genre de P.)

3o — La Bénédiction du Nouveau-Né.

VOIRIOT (G.)

3i — Portrait d'Homme.

Signé et daté 1764.

ÉCOLE ITALIENNE

32 — Berger et son Troupeau.

ÉCOLE HOLLANDAISE

33 — Les Adieux.

Peinture sur marbre.

Cadre en bois sculpté.

34 — Buste en bronze, par C. BONNET, avec socle en marbre.

II. — VENTE VOLONTAIRE

ALBANE (Attribué à l')

35 — Amphitrite.

BREUGHEL LE JEUNE (Pierre)

36 — Paysage d'hiver.

CALLET

37 -- Mars et Vénus.

Esquisse.

CANTARINI (Simon)

38 — Le Christ à mi-corps.

CARRACHE (Attribué à)

39 — La Madeleine accoudée sur une table.

COGNIET (Léon)

40 — Étude de Nègre.

Signé à droite.

DURANTE (Georges)

41 — Oiseaux de basse-cour.

CORVI (Dominique)

42 — Figure d'Homme en buste.

DULLAERT (Heyman)

43 — Sujet biblique.

DOLCI (Maria)

44 — La Vierge au voile bleu.

DUVERGER

45 — Villageois au repos.

FRANK LE VIEUX

46 — Le Crucifiement.

GIBBON

47 — Paysage ; effet de neige.

Signé à gauche.

GOYEN (Attribué à Jean Van)

48 — Paysage hollandais.

49 — Bords de rivière avec pêcheurs.

HAMMERLING

5o — Le Théologue.

LALLEMAND (J.-B.)

51 — Vénus et les Nymphes.

OTTO

52 — Portrait de Femme.

RAVENSTEIN (Jean Van)

53 — Portrait d'un Officier.

> A mi-corps, tourné de trois quarts sur la droite, en habit brun, il porte un large col bordé de dentelle sur un colletin damasquiné.
>
> En haut, à gauche, le millésime 1640.

SCHEFFER (Ary)

54 — Figure d'Ange.

SURINI (Francesco)

55 — La Madeleine.

TEMPESTINO

56 — Paysage avec figures.

TISCHBEIN

57 — Bélisaire.

Signé et daté 1786.

WALDORP (Antoine)

58 — Marine hollandaise.

ÉCOLE FRANÇAISE (xviiie siècle)

59 — Le Triomphe de Minerve.

60 — Portrait de Femme tenant une perruche.

ÉCOLE FRANÇAISE

61 — Bouquet de Fleurs.

Panneau de vernis Martin.

ÉCOLE ITALIENNE

62 — Saint Sébastien.

ÉCOLE MODERNE

63 — Faune et ses petits.